淡抹浓妆皆由我，画师功力叹神奇（画为周正舒所作）

六月花如二月红

几个顽童学牵牛

离别五十载，含笑立阶前

十八成年礼，
孙儿榜上名

师生情谊重，三十二年间

野畈禾田倍觉亲

田间歇息请新茶

满园春色绝尘埃

樱花插满头

长堤绿道湖波叠

西望珞珈山，东方暗磨盘

三冬过后春满园

陡山天井农家院，自在悠闲学少年

稞子山前观桂子，英雄碑下献花篮

两个农民八个官

一声令下群响应，八面齐来九江东

因笑隔墙新校友，
不知三老是何人

轻巧、轻巧，
莫使鱼儿惊早

铲地锄禾瓦舍边

涓涓清泉洞底流，
嶙峋石壁鬼神谋

心远诗词

胡克正 / 著

世界知识出版社

前　言

《心远诗词》出版了，这是一本较好的古典诗词读物。诗词的题材主要是田园风情、城乡变迁、旅游随感、同学情怀及退休生活，也涉及咏物、咏史及杂感，题材广泛，内容丰富，很值得一读。

作者胡克正先生从小就喜爱中国古典诗词。一九六二年进入湖北省红安县第一中学，被分在高中一年级三班，现在微信中称“6203班”。一九六五年他考入哈尔滨工业大学。“文革”期间他有大量的时间逛书店、看诗词书籍，对古典诗词进行一些探讨和研究并模仿写作。在大学毕业以后的岁月里，他写作诗词数百首，但绝大部分流失，没有保留下来。

二〇一五年七月，有同学发起成立“红安一中6203班微信聊天群”，他也加入其中。近两年来在群中发表诗词计800余首。起初，作者写诗填词主要目的是出于自己的爱好，同时陶冶情操，丰富退休生活，并未打算发表。但两年来在群聊中，同学们发现他的诗词有人情、有风情、有感情，将人文社会融为一体，反映了现代生活；写作艺术和风格上，文风朴实，语言明快，符合古典诗词格律，读起来有趣、有味，让人赏心悦目。为弘扬和传承中国古典诗词优秀文化，同学们积极建议和鼓励他将诗词编印成集出版。

本诗词集的出版看似有点偶然，其实也是必然。当前我国经济空前发展，但市场经济和商品社会对中华传统文化带来严重冲击，尤以中华文化中的瑰宝——古典诗词为甚。中华复兴不仅需要强大的经济基础，而且需要坚实、丰富和健康的思想文化基础。为此党和政府提出“四个自信”，其中就有文化自信。为积极响应党和政府的号召，大力弘扬中华优秀文化，许多有心有志之士身体力行，自发组织丰富多彩的文化协会、诗社，以各种形式推陈出新，为树立文化自信各尽其能。在这样的潮流中，这本《心远诗词》的出版可谓正当其时，它丰富了诗坛的作品，再次展现了古典诗词的魅力，同时也可为诗词爱好者提供一个良好的选读本。

衷心希望作者再接再厉，写出更多更好的诗词，为中华民族优秀文化的传承和发展添砖加瓦。

寒　关

2017年6月11日

目　录

三、山川览胜

四、田园篇

五、垂钓篇

六、题照篇

七、节庆篇

八、其他

一、心远诗词题意

小序：陶渊明诗有“心远地自偏”句，我便将乡村瓦舍命名“心远居”，并自号“心远翁”，作《心远诗》四首以记之。

其一

老年不读少年书，且喜升平食有余。
陶令词中寻摘句，庐名应赐心远居。

其二

春风秋月四时花，地远山偏有吾家。
从此不吟长短句，独居心远泼新茶。

其三

舍南舍北步逍遥，忘了人间低与高。
有客若来吾心远，一壶村酿就山桃。

其四

赏月观花沐雨风，有时锄铲地当中。
往来山野君休问，心远居中心远翁。

二、友谊酬唱

五律·九江聚会

相约柴桑[①]会，争相识旧容。
声声惊憔悴，啧啧叹龙钟。
谈笑话今昔，举杯谢重逢。
庐山一别后，江海各西东。

① 汉时九江称柴桑。

七律·咏群友来访

朝霞辉映水中天，春色昭苏景物丹。
竹影风中闲弄巧，小村云里逐炊烟。
群山环抱周家画[1]，峭壁嶙峋韩氏篇[2]。
最是风光这边好，三班群友乐流连。

① 周正舒同学善画画。
② 韩用学同学善吟诗。

七律·阅群聊有感

青春美好记犹新，回首年华叹艰辛。
颠沛流离嫩江雨，披星戴月汉阳云。
莫提舛运平生事，珍惜明时晚岁心。
翻阅群聊驱寂寞，人间友爱贵千金。

赠正舒[1] 二首

（一）

五十年间似梦中，浮云久隔忆音容。
君居南国安康否，我是深山一钓翁。

（二）

金牛山畔毓精英，六二〇三显奇能。
最是当年豪气在，将军县[2] 里后来人。

① 正舒：周正舒，红安华河金牛山畔周家咀人，某军校高级教授，现退休，群中称为将军。

② 湖北省红安县是两任国家主席（董必武、李先念）和两百位将军的故乡，故称“中国第一将军县”。

观正舒全家福有感

昔住华河街，常去家中坐。
二老且康健，有吃又有喝。
同轩五六载，岁月匆匆过。
别时方及冠，儿孙有六个。
观照惊不识，孩子都不错。
八口幸福家，共享天伦乐。
君也多保重，活到百岁多。

临江仙·读用学《小重山》

聚会匆匆来复去，
回头不见江州。
车声不掩别离愁。
唯余大江水，
无语只东流。
六二〇三多才俊，
诗词频发难收。
人才济济谁最优？
寻他千百度，
用学拔头筹。

附：用学原词

小重山——庐山学友聚会

一夜飞车下江州，
喜成千里梦，上名庐。
千言万语似江流，
情难住，
南国正清秋。
往事信天游，
多少人和事，俱风流。
一声汽笛又离愁，
车远去，
别泪向心头。

七律·再见甘子荣有感

四十八年参与商，全无音信两茫茫。
笑窝红透成憔悴，稚嫩轻狂变老苍。
回首坎坷莫追忆，纵观世事有无常。
人生难得重相见，况乃迟年太匆忙。

参加厚祥令郎乔迁宴，作回文诗

坡下楼新楼下坡，河清水秀水清河。
笑迎朋客朋迎笑，车往来回来往车。
炮竹连声连竹炮，多情友好友情多。
乐来老也老来乐，歌唱清平清唱歌。

李家大屋[①] 颂并赠建程[②]

芳名两处大屋村，远朔元明本同根。
南屋地灵山环秀，北房人杰水含金。
先人神武医国难，后秀英才济世新。
莫道四军[③] 多戏语，三班优秀有斯人。

---

① 红安县有两个李家大屋，一为李先念故居，一为李建程同学老家。

② 李建程，华中工学院毕业，曾任红安机床厂厂长，企业局局长。

③ 群中把居于红安县的群友戏称“四军”。

临江仙·俊超自中山归来

海阔天高山隔远，
何须鱼雁传书。
故乡又见故人姿。
别离方数月，
每共说思思。
洪暴一场牵南北，
书生故地情痴。
金牛滠水[①]有吾居。
梓桑将有事[②]，
常忆少年时。

---

① 陈俊超老家华河镇背靠金牛山，门前有滠水河。
② 俊超老屋被洪水冲垮，特自广东中山回来修葺。

七律·建程请宴并游赏农家观光园

生态庄园映眼帘，一河两岸景千般。
青山西北藏庙宇，绿水东南垂钓滩。
一咏一觞兰亭序，载歌载舞豫章篇。
只缘爱惜同窗会，直把新词做对粘。

祝程老师八十大寿（凤顶格）

祝贺吾师八秩秋，
程鹏业绩万人讴。
老成博学勤授业，
师技师风竞首优。
八面操劳呕心血，
十支粉笔绘蓝图。
大园桃李天台会，
寿诞诗词唱丰收。

祝福鳌72岁生日

山清水秀作比邻，五十年前本一村。
轩下三年为校干[①]，吴都十载做官人[②]。
西山汉水[③]传美誉，丰岗二程[④]有盛名。
年逾古稀仍俊俏，寿超百岁有斯人。

① 高中三年福鳌为学生会干部。
② 福鳌曾任鄂州工行行长。
③ 西山：鄂州西山。汉水：福鳌后调汉口工作。
④ 红安丰岗乡、二程镇。

祝泽芳71岁生日

当年蛰伏故乡桥，一跃龙门上九霄。
年届古稀仍勤勉，育才助教费操劳。

吴茂忠宴请于院墙村家中三首

（一）院墙村

东上店前春意稠，院墙村外水长流。
多情最是山边竹，见有人来频点头。

（二）畈地

小院茶余练微信，村前春上柳梢头。
菜花开处看风景，几个顽童学牵牛[①]。

（三）龙王塘

龙王潋滟一波宽，引得游人仔细观。
道是百年清如许，只缘深处有喷泉。

① 有农民牧牛，李建程、陈俊超、詹欣喜三同学牵牛玩耍。

红安群友聚会于罗李家村王新元家

车行宽路几回弯，云淡天高鸟语欢。
一水绕山宜垂钓，三山临水好耕田。
房前古木知人意，罗李王家迓客瞻。
休问佳肴兼美酒，开心相聚又一天。

长相思·答用学

山一旁，水一旁，水秀山清有小庄，朝霞照瓦房。
银线长，钓竿长，往事蹉跎走四方，余年爱故乡。

附：用学原词

长相思·赠克正

山那边，水那边，春夏秋冬诗满天，悠悠赛神仙。
昨一天，今一天，旧事新词又几篇，思乡似圣贤。

三、山川览胜

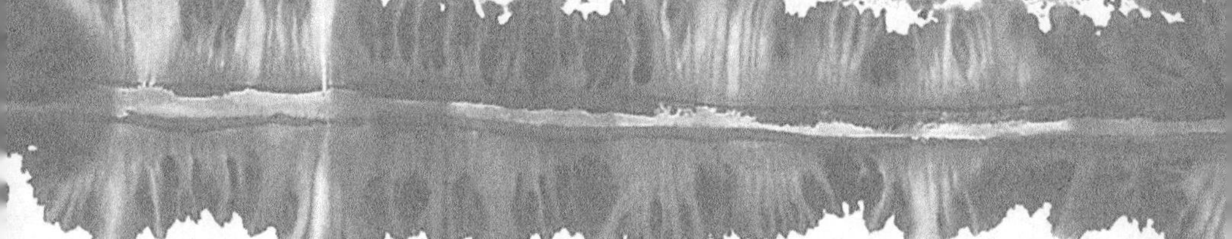

哈尔滨见闻十首

哈尔滨烈士陵园　1965 年

小序：陵园位于和平大街进入动力之乡南侧，一排排庄严静谧的墓碑中，有碑文记烈士为湖北省黄安人（今红安县），故作。

动力之乡烈士陵，碑文犹见故乡人。
低头肃立怀先烈，百战牺牲为和平。

喇嘛台　1965 年

大直街心喇嘛台，庄严肃穆少人来。
青烟袅袅鸣钟磬，异木奇花四周栽。

靖宇公园　1968 年

夏日缤纷满园开，尘埃藤草复亭台。

谁怜先烈征战苦，“革命人民[1]”酒令猜。

斯大林公园　2015年8月

小序：松花江哈尔滨市区一侧建有坚固的防汛堤，并建有高大壮观的防洪纪念塔，此处名斯大林公园。

园名官赐斯大林，高塔雕磨叹为精。
荏苒光阴数十载，坚堤默默保安宁。

北方大厦　2015年8月

大厦楼高十数层，装修精美气象新。
游人过往请留步，见有高官与外宾。

二龙湖　2015年8月

四十年前山壑新，晶莹透彻一波平。
而今景点如林立，少了清香多了人。

① “文革”中各派都自称“革命人民”。

中央大街　2016年1月

百年石砌步行街，璀璨晶莹处处开[1]。
千里冰封寒刺骨，游人四面八方来。

太阳岛　2016年1月

鹿苑丁香友谊花[2]，人间胜景一奇葩。
江南应是芳菲歇，北国风光竞繁华。

圣索菲亚大教堂　2016年1月

兆麟尚志[3]广场东，白鸽高楼傲朔风。
疑是梦中游异国[4]，隔墙聆听夜鸣钟。

---

① 街道两旁有五花八门的花卉工艺品供游人观赏。
② 岛内有鹿苑、丁香园、友谊园、花卉园等优美景点二十多处。
③ 教堂前新建广场位于兆麟大街、尚志大街以东。
④ 教堂建筑皆欧式风格。

松花江　2016 年 1 月

深江冰冻三尺三，仍有游人不畏难。
足踏双刀如电掣，陀螺飞舞费眼观。

国内外畅游

观德昆旅游莫斯科图片二首

其一

西伯利亚皆冰雪，大地茫茫鸟兽绝。
而今德昆行万里，风也销声雨也歇。
异域图片发群中，建筑多与中华别。
民情似与故乡同，公墓激发敬先烈。
列宁遗像供瞻仰，领袖陵寝有特色。
忆昔清廷腐败时，侵我疆土东西北。
和平共处向前看，“姓社姓资”都是客。
待到归来庐山会，异域风情听君说。

其二

教堂修院细雕磨，百态千姿故事多。
微信频传天外事，无钱也到莫斯科。

水调歌头·十月游庐山

红叶清秋节，携手上崔巍。
常念庐山形胜，今日愿方遂。
真个侧峰横岭，
一览高低远近，
学士知细微。
百转驱车路，
高处惠风吹。

游人动，观神秀[①]，莫采薇[②]。
古今风流行迹，赏析二三回。
几处千年名胜，
指点江山如画，
谈笑落余晖。
陶令知何处，仙洞正芳菲。

① 神秀，出自杜甫诗句："造化钟神秀"。

② 薇，野豌豆。《史记》载，商朝遗老伯夷叔齐誓死不食周禄，隐居首阳山以采薇为生。

赞福鳌自驾游二首

（一）神农架留影

奇峰高树景色鲜，风采英姿百样般。
自驾专情真高手，古稀胜过小青年。

（二）驱车到达银川

塞上高原路几千，昔时如隔数重天。
而今片刻飞天外，把酒频传贺兰山。

水调歌头·福鳌欧洲行

靓照停机侧，大地任君行。
生命在于运动，老大倍精神。
穿越俄罗斯境，
布达佩斯下榻，
谈笑展红襟。
山水似曾识，
金发外星人。

维也纳，地拉那，柏林城。
南斯拉夫何处？铁托不知情。
阿尔卑斯白雪，里德威斯绿水。
一夕走千程。
世界真奇妙，
人类爱和平。

武汉三日游六首

（一）新荣车站

车行高速到新荣，满眼繁华五彩虹。
群友站前迎候早，红光满面笑春风。

（二）七律·武汉游

几回走马过边崖，今看江城二月花。
日出千家奔富裕，春来万树发新芽。
长江滚滚翻波浪，黄鹤层层映早霞。
李孟曾经吟咏处，红梅有意绽奇葩。

（三）七律·汉口江滩公园

一片芳菲带露开，满园春色绝尘埃。
帝持彩练徐徐舞，谁把骄阳故故栽。
远望山巅神女塔，近看桥畔伯牙台。
千姿百态观不足，更拟他年还复来。

（四）长相思 · 江边

江水流，汉水流，黄鹤乘风上翠楼，龟蛇一望收。
这边游，那边游，游到黄昏未始休，樱花插满头。

（五）菩萨蛮 · 东湖绿道

小桥高塔樱花节，
长堤绿道湖波叠。
西望珞珈山，
东方暗磨盘[1]。

红梅开放处，
领袖吟佳句[2]。
留影绿茵阶，
东风款款来。

---

① 磨盘：指磨盘山。
② 红梅旁石壁上有毛主席咏梅词《卜算子》。

（六）菩萨蛮·地铁

神功造洞三千尺，
电梯几处长廊直。
自动投票门，
人潮栉比行。

车厢忆“文革”，
挤满双边侧。
汽笛一声长，
须臾到汉阳。

广州半月游十二首

（一）忆秦娥·重到广州

东方白，
和谐高铁贪行色。
贪行色，
沿途风景，旧时游客。
黄昏购物新城北，
夜来信步珠江侧。
珠江侧，
华灯如昼，
火红南国。

（二）七律·重游广州有感

几回游历苦匆匆，猎德桥横卧巨龙。
桥北潭村翻新貌①，桥南高塔②百般红。

---

① 四年前潭村全部拆迁重建，现已焕然一新。
② 塔名“小蛮腰”，即广州塔。

凯旋[1] 楼宇争异彩，金穗[2] 芳菲竞欣荣。
白发而今添几许，珠江依旧只流东。

（三）七律·自广州至海陵岛

车行高速趁朝霞，八百行程到海涯。
远处天成千峰秀，路旁谁种万株花。
海风拂面翻白浪，赤脚随人踏细沙。
万里河山无限好，升平盛世富千家。

（四）南海游泳有感

忆昔横游塞北江，而今南海漫疏狂。
不知精力衰多少，一浪袭来便投降。

（五）黄昏山陵深处大雾

红光落日晚霞天，万里晴空何处烟。
惊叹人间多奇妙，大千世界景千般。

---

① 凯旋新世界住宅小区。
② 金穗路两旁鲜花盛开。

（六）题海陵岛

三山夹海花竞开，俱是天人共剪裁。
昔日粤民愁温饱，而今游客八方来。

（七）观车窗外群山

南北风光景万千，幅员辽阔地无边。
群山飞舞似曾识，伏塔龙王[①]在眼前。

（八）广州到深圳沿途所见

昔日荒丘伴浅田，今朝楼宇紧相连。
何时过了羊城界，一片新城映眼帘。
高塔凌空云雾里，长桥横卧海中间。
神州处处翻新貌，华夏腾飞换了天。

---

① 胡家面前有大山名伏塔山、龙王山。

（九）题深圳莲花山邓公像

一代巨人写新诗，特区跃起勇奔驰。
是谁圆了中华梦，君是全盘设计师。

（十）珠江夜景

宽桥高塔对长空，画舫轻舟五彩虹。
谁道年年秋老虎，游人尽享楚台风。[①]

（十一）猎德桥上看江

猎德长虹卧彩霞，车如流水路横斜。
有人桥上观秋景，秋在江中逐浪花。

---

① 王安石《千秋岁引》有“楚台风，庾楼月”句，其中注解“楚台风”：“楚王游于兰台，有风飒然而至，王乃披襟当之曰：‘快哉此风’”。

（十二）鹧鸪天·八月刘益宏宴请于广州

室外炎天室内春，
羊城八月又逢君。
故乡雨后群山翠，
南国晴天柳色新。

珠江涌，酒盈樽，
友情更胜酒情真。
千山万水心相印，
地北天南不忘群。

四、田园篇

西江月·岁末吟

坡下一株古树，山前数户人家。
冰河映日放光华，风景这边如画。
竹影因风移动，寒梅未雨先花。
时逢岁末趁闲暇，锣鼓敲敲打打。

临江仙·咏雪

连日寒潮风带雨，
黄昏雪满枝椏。
门前狼藉舞飞花。
千山云雾障，
万树绽奇葩。

冷气促晴晴促冷，
空调万户人家。
晨来日出满天霞，
儿童玩雪仗，
翁老乐龇牙。

西园

芳菲桃李争开早，多病村翁鉴赏迟。
莫道匆匆空走马，花魂作画鸟为诗。

蝶恋花·咏金银花

烂漫芳香洁如玉，
羡煞游人，指点频嘉许。
怕有无情攀折去，
娇柔紧倚高高树。

急雨狂风全不惧，
陌上凋零，处处飞红雨。
万水千山春不语，
独伊留得春长驻。

鹧鸪天·游山

二月晴和春正浓，
山光水色爱东风。
河边垂柳频招手，
岭上娇杨喜作朋。

青青草，映山红，
叽叽飞鸟往来匆。
世间忘了名和利，
笑语声中夕照红。

鹧鸪天·雨后山前信步

春雨绵绵乍转晴，
流连小径健吾身。
歌台舞榭多新秀，
绿水青山一老人。

知了闹，燕飞勤，
层峦叠嶂物华新，
城中应是芳菲歇，
春在山中鸟自鸣。

回文诗[①]：桃园

香花数树高，叶落见芽桃。
忙鸟飞新竹，长丝细柳条。

① 反念亦成诗。

西江月·山村

暮雨浇新北圃，
朝霞滴翠南坡。
缠绵柳絮逐长河，
时听嘤嘤鸣鹊。

昨日溪头垂钓，
今朝垄上锄禾。
白头翁媪笑颜多，
墙外杏花开着。

西郊芍药盛开

春去凋零谢众芳，深红独放泽梓桑。
八方过客一经此，驻足流连赏红妆。

清平乐·惜春三首

（一）

漫天飞絮，
一夜春归去。
啼血鸟儿千回语，
且把春来留住。

东风自在杨花，
呢喃燕子谁家。
又是去年风雨，
消磨多少年华。

（二）

春无踪影，
布谷鸣西岭。
廷午闲愁愁未醒，
有竹风中弄影。

寻常暗惜流光，
杜鹃来往匆忙。
最恨频频夏雨，
不留一点残香。

（三）

渐行渐远，
只在江南岸。
树上银花无一半，
时听莺儿乱啭。

绿波自在无言，
午阴又向东南。
最笑书生无奈，
曾经醉倒西园。

清平乐·迎小满

2017. 5

柳如刀剪，
天是斜阳染。
布谷声中迎小满，
春意将阑将浅。

小村宁静山闲，
门前一水波宽。
莫道芳菲都歇，
海棠开在那边。

忆秦娥·暮春吟

2017. 5

殷勤说，
倩谁留得春颜色。
春颜色，
桃花流水，
杏花飞雪。

群山峻岭层层叠，
山间修竹高高节。
高高节，
黄鹂声醉，
子规声切。

鹧鸪天·儿童节作于榨油房

城里儿童着盛装，
乡村老者榨油忙。
村南村北人潮动，
车往车来趁早光。

机器轰，菜油香，
天然生态保安康。
青山绿水都含玉，
遍地黄金遍地粮。

采桑子·立夏

流光易逝春归早，
落尽犁花。
乱拂杨花，
急雨倾盆浪涤沙。

深深树色栖鸣鸟，
谷种新芽。
忙了千家，
我自西郊种豆瓜。

七律·游山

朝霞一缕照南坡，我驾晨风上山阿[①]。
水到山前山作峭，山环水处水扬波。
轻枝斜倚观苍狗[②]，软草平舒听节歌[③]。
青石峰回临幽径，欲将被荔带女萝[④]。

---

① 阿读ē，山阿，即山顶。

② 杜甫形容云的变化有“天上浮云如白衣，斯须改变如苍狗”之句。

③ 节歌：屈原诗句有“舒缓节兮安歌”，意思是缓慢的节拍，悠闲的唱歌。

④ 屈原描述山神形象为“被薜荔兮带女萝”。

门前葵花盛开

满日[1]南山树影浓，子规吟唱细雨中。
西园春尽芳菲少，犹有花如二月红。

① 满日，小满这天。

井边红药盛开

芳菲五月落尘埃，犹有娇红俏满台。
断井颓垣人未识，蜂飞蝶舞扑香来。

古律·雨后

石上响琤琮[1]，日照南山竹。
岭外闲云轻，墟里孤烟直。
布谷何处鸣，长鹭汀头立。
归去拂衣尘，鬓丝几缕白。

---

① 琤琮，象声词，古人形容琴声。

绝句·雨后二首

（一）

雨后长虹一缕迟，密林深树鸟鸣时。
青山不墨层层画，绿水无言处处诗。

（二）

朝霞密树鸣啼鸟，午影深禾闹吠蛙。
峻岭奇峰六七座，小桥流水两三家。

观花

不惧骄阳向暑天，狂风暴雨洗新鲜。
不求讨好蜂和蝶，留点清香在人间。

渔家傲·夏日吟

六月骄阳来扑面，西园小径芳草满。
细数红花三五点。
淡云远，荫荫岭树黄莺懒。

坡下小溪微浪展，几处莲叶张绿伞。
伞底鱼儿游复转。
夕阳晚，农夫归去开电扇。

中秋夜

今夕嫦娥着巧妆，直教明月泄银光。
不知何处飘桂子，满院秋风满院香。

五绝·门前龙王山

蓬莱青雾里，帝子白云中。
秋色千重岭，斑斓万树松。

菩萨蛮·寒潮

南山竞夕风声急，
一番寒雨叮咚滴。
闲闷盼阳光，
谁家煮酒香。
黑云低欲泼，
木叶萧萧落。
待到再晴时，
寒梅独放迟。

闻广州下雪

连天雨雪已暂停，到午阳光路溶冰。
谁道人间无再少，南方下雪北方晴。

麻雀吟

窗台避雨叫喳喳，大敞门扉请到家。
犹自含羞屋檐去，低头玉立静听哇。

紫荆颂

沙地黄泥任寄身，盘根错节力超群。
喹灵农达①全不惧，斗暑驱寒四季春。

① 喹灵、农达皆为除草农药。

采桑子·九月初三忆白乐天诗

斜阳一缕归西岭，
丹桂银河。
玉露金颗，
九月初三事太多。

秋风瑟瑟催人老，
江上寒波。
岁月如梭，
秒秒分分莫蹉跎。

相见欢·咏柳

谁人裁剪丝绢，
细如纤。
脉脉柔情凝望水中天。

客来走，
伊招手，
意缠绵。
阅尽人间春色一年年。

清平乐·小村

峰山如斗，
河上波纹皱。
两岸烟光青青柳，
好景人间常有。

西郊春闹枝椏，
画梁燕子喧哗。
浅草儿童嬉戏，
归来衣上桃花。

清平乐·夏雨吟

轻凉轻暑，
连日哗哗雨。
塘堰翻腾凶如许，
雾罩门前梨树。

晨时看雨山前，
谁人垂钓溪边。
电视欢歌戏语，
农家别样休闲。

五律·仲春吟二首

（一）

黄花铺北圃，红艳醉南郊。
浅草莺儿矮，轻云大雁高。
风来新屋宇，香暗旧溪桥。
君看绿堤上，长丝细柳条。

（二）

路旁千树柏，陌上万枝梅。
浅草浮萍藻，深山觅细蕾。
沙汀停白鹭，杨柳隔黄鹂。
墟里孤烟直，农夫荷锄归。

长相思·雨后吟

东风来，北风来，
雨后阳光照垄台，
胡家没雾霾。

桃花开，李花开，
桃李花开柳一排，
悠闲胜有财。

观竹

满园修竹满园风，见有人来便鞠躬。
莫笑奉迎追世俗，殷勤谁似腹中空。

观溪

溪头伫立影相随，水自清香鲫自肥。
我爱清溪滋灵秀，清溪笑我不知归。

为谋生计返田园

为谋生计返田园，七二些年岁月迁。
一水细流沙底浅，群山环绕稻田宽。
春耕不计忧与乐，秋获方知苦中甜。
有酒还须邀月饮，无钱犹可钓桥南。

农家

雪壁琉璃映早霞，新楼原是旧农家。
冰箱彩电寻常事，喜宴红包竞奢华。

菩萨蛮·秋收

长空雁字金秋节，
农家一片金黄色。
白露收割忙，
清香溢四方。
房前谷垛立，
千户仓廪实。
童叟未偷闲，
欣逢大有年。

菩萨蛮·伐薪

暮来风住迷天雾，
雾天迷住风来暮。
寒溢正南山，
山南正溢寒。

砍枝将斫短，
短斫将枝砍。
时近午来迟，
迟来午近时。

六州歌头·冬忙

光阴偷换，落叶雾沉阴。
露晶莹，冬至节，北风频，少飞禽。
邻里装修急，小工至、大工至、泥沙细，
莫畏冷，响锹声。
更搭平台，众手忙有序，抹处墙平。
正东房西屋，一霎午时临，有酒盈樽、笑语声。

至夜临近，鸡犬静、钟声紧、渐天明。
听人语，响锅甑、火通明、酒香醇。
四季无暇日，莫虚度，记于心。
时易逝、南山峻、伐柴薪。
是处沟壑深浅，杂林密，荆棘丛生。
把粗枝斫了，甩袖脱衣襟，有汗如淋。

锄地归来

一晌锄禾事垄西，茶园菜地悦心颐。
夕阳斜照吟短曲，我为河山添锦衣。

定风波·栽秧颂

落尽梨花转曙光，
人间五月赶栽秧。
布谷声声频报晓，争早，
誓教田畈着新装。

到午骄阳人渐去，无雨，
库塘开闸水流长。
待到秋收脱粒净，休问，
家家储得粮满仓。

长相思·农居二首

（一）

前一山，后一山。
前后山间有沃田，农夫相笑谈。
锄一天，铲一天。
自主耕耘政策宽，丰收庆盛年。

（二）

爷一言，奶一言。
电视机前说甄嬛，还争遥控权。
诗一篇，词一篇。
点墨都无咏也难，何如理钓竿。

元旦小诗

乡村无元旦，群友知否知？
有意伐薪去，无暇吟小诗。

苏幕遮·牧羊老者

小序：草丛中见一冻死羊羔，不惜亡羊，但念老者劳苦也。

冻亡羊，衰草地。
因念朱杨，曾在歧途泣。
莫道往来真容易，
耆老弥年，寂寞真难寄。

晚些归，早些起。
节序转回，累也无人替。
换取银钱儿孙计。
便恨流年，不把翁来惜。

回文诗：冬夜

风来御冷掩门窗，永夜闲愁惹梦长。
盅酒怕伤多病体，红炉火暖屋中堂。

野畈禾田倍觉亲

火烤前身冷后身，登山数斧汗如淋。
农夫生就勤为本，野畈禾田倍觉亲。

凌风玉立傲岁寒

三冬四九未偷闲，铲地锄禾瓦舍边。
犹有新芽忙出土，凌风玉立傲岁寒。

我是正宗田舍翁

无雨无晴只有风，光阴耗在地当中。
高坡低洼常留影，我是正宗田舍翁。

天下和谐四海清

前面清沟后面跟，几只喜鹊不避人。
锹边松土寻觅食，天下和谐四海清。

一群喜鹊觅食来

烧煤烧电不烧柴，干草枯枝满垄台。
收拾田间燃一炬，一群喜鹊觅食来。

只顾低头啄蚓蛙

歇息田间有空暇，几只喜鹊叫喳喳。
欲将驱逐捕飞影，只顾低头啄蚓蛙。

手机携得鸟儿归

朝霞悄悄上窗扉，我欲勤耘别无追。
方至田间老无力，手机携得鸟儿归。

不愁油米不愁钱

精耕细作莫嫌烦，二月晴和好种田。
待到秋收万家实，不愁油米不愁钱。

清平乐·年前赋农民工

雪溶多半，
有事西郊畈。
日照枯禾微觉暖，
飞鸟渐高渐远。

联欢倒计时光，
城乡来往匆忙。
多少务工子弟，
难求一票还乡。

咏鸡

东窜西颠憨态宜，迟归晓报信有期。
呼来喝往任劳怨，献宝捐身叹鸣啼。
非是农家少品味，只缘自养价钱低。
城中叫卖君莫信，总把洋鸡充土鸡。

送肥

肩挑担篓上高坪，整地施肥趁天晴。
纨绔挥钱如粪土，农家粪土值千金。
休看田亩荒突突，要变青禾万里春。
但使河山披锦绣，不将收入计亏盈。

植树

古稀老汉植树忙，植在山清水秀旁。
枝上鸟儿殷勤语，园中桃蕊暗来香。
东风拂面阳气转，有凤来仪福瑞长。
不为数年成佳木，只求来者有阴凉。

笑路旁打坐算命人及旁观者

鼓舌摇唇比手夸，旁观簇拥长颈鸭。
世间万事循法则，莫听路人闲嗑牙。

叹留守老者

古稀长者务农忙，放学孙儿倚门窗。
为怕天灾难预测，年年惶恐度时光。

东邻少妇

独自耕耘紧锁眉，东邻少妇掩柴扉。
夫君远在千山外，一片冰心众口碑。

西家汉子

亦母亦爷不辞勤，浣衣摘菜水边蹲。
娇妻千里谋生计，留守甘为寂寥人。

悯农诗新版二首

（一）

无须锄到午，农药下了土。
谁知盘中餐，粒粒皆毒苦。

（二）

二月品新茶，五月尝新谷。
农夫也减肥，剜却多余肉。

春播三首

（一）

三月春迟雨偏多，东风有意送晴和。
村民抢播往来急，怕误农时枉蹉跎。

（二）

挥锄点种到黄昏，宿鸟匆匆返旧林。
播下最优新品种，誓教黄土变黄金。

（三）

专情渐至放晚霞，归去丛林点暮鸦。
预卜秋收年景好，小康潜入苦寒家。

插秧

昨日耕田今日忙，披风戴雨竞栽秧。
妇姑胜似英雄汉，一片浑黄变绿妆。

斥兔

小序：田间时常有野兔来吃庄稼，故作。

施肥下种不辞频，尔自偷闲享现成。
跳跃回头还戏语，与吾相约四六分。

观洪水打湿衣

水漫垄前台，胡翁怕湿鞋。
欲寻高处去，一浪扑将来。

渔歌子雨天

转月时分谚不灵①，
天倾西北②到如今。
潮水落，潮水平，
云低不见小山村。

① 农谚云:“久雨转月晴。”
② 故事云：祝融大败共工，天倾西北，地不满东南。

在被淹豆田下网捕鱼

耕耘锄铲许多时，水打沙埋悔已迟。
黄豆田中下渔网，人家种豆我种鱼。

小村吟二首

（一）

池边窥鱼戏，桥上听捣衣。
子规声声里，和风缕缕吹。
稻田苗儿秀，芳园红朵稀。

（二）

青山翠岭白云飞，斜光渐远渐余晖。
两三农友荷锄归，归去途中语依依。
谁家长者倚柴扉，放学儿童嬉戏追。

阮郎归·雨后吟

连场暴雨洒猖狂，
暑烦初转凉。
高田久渍已成黄，
低田变汪洋。

空惆怅，枉悲伤，
天灾莫断肠。
都将渔网捕鱼忙，
一人钓竿长。

秋暑五则

（一）广州归来

凌晨珠畔享清秋，午至胡家暑未收。
君看柳荫摇蒲扇，纳凉农友汗淋头。

（二）观月

往常秋后夜转凉，唯有今年秋暑长。
枝上鸟儿声声怨，一轮明月似探汤。

（三）小桥纳凉

半天关在屋当中，夜至桥头欲放松。
最恨白杨真吝啬，丝毫不舍快哉风。

（四）晨吟

布谷频催梦里人，秋收何不趁早荫？

四邻农友争忙碌，我是无怀葛天民[①]。

（五）赞农友卖粮

忆昔饥荒百里哀，也无油米也无柴。
而今久旱仍丰裕，农户财源滚滚来。

① 陶渊明《五柳先生传》：“无怀氏之民欤？葛天氏之民欤？”

千秋岁引·帮人灌地基

急响铃声，齐来践约，
云淡天高秋漠漠。
钢车铁锨交响乐，
灰砂石料冲水泼。
趁朝阳，赶明月，莫耽搁。

合抱之松生毫末，
千里之行始步落。
万丈高楼累土得[①]。
今朝若将根基误，
明朝隐患谁挽却。
要平地，起高阁，朝天乐。

① 《老子》:“合抱之木，生于毫末；九层之台，起于累土；千里之行，始于足下。”

清平乐·伐薪

无柴莫怨，
且上松林畈。
伐得枝禾连一片，
忙里无须慌乱。

黄昏烟锁千家，
勤劳莫要人夸。
收拾镰刀归去，
夕阳洒满天涯。

如梦令·秋后伐薪

斫去粗条荆棘，
一片金针黄地，
烟雾锁松林，
冷暖高低交替。
风息，风息，
两个黄鹂飞急。

采茶二首

（一）

阳光照我摘茶忙，拂面和风伴翠光。
头上鸟儿频赞许，勤劳换得满园香。

（二）

雨后阳光万丈霞，古稀长者摘新茶。
归来最爱东风暖，直把芳香送到家。

采桑子·胡家一天二事

东家何事鸣鞭炮，
购了新车。
购了新车，
宾客红包又来些[1]。

西家趁雨张渔网，
湿了新鞋。
湿了新鞋，
呼唤浑家递农靴。

① 即指送礼，祝贺的宾朋一拨又一拨。

清平乐·冬忙

风寒山小，
垄上枯枯草。
正是冬耕时节好，
只恨雨多晴少。

东边超市喧哗，
西边砌屋淘沙，
暗里光阴偷换，
农家哪得闲暇。

冬月移栽油菜苗

莫畏严寒到地头，移栽实土剂稀稠。
问君底事忙如许，我向地球要真油。

五、垂钓篇

七绝八首

（一）

溪边垂钓乐无穷，最爱轻轻杨柳风。
抛却闲愁身外事，青山绿水是真朋。

（二）

端坐专情微浪中，犹嫌一霎夕阳红。
当年底事奔南北，七十而今老钓翁。

（三）

闲时垂钓乐怡情，雨后鱼儿便忘形。
莫悔贪馋终丧命，天生席上一盘羹。

（四）

篓中跳跃叹连声，抱怨金钓太无情。

我劝鲫君告环保，不将列入保护名。

（五）

雨中垂钓两老人，笑语声中漂起升。
最是鲫君不畏险，胜于鲤士跃龙门。

（六）

农事繁忙碍雨天，池塘河堰屡垂竿。
殷勤低语问诸鲫，君在清溪何处边？

（七）

半日垂纶片甲无，别离河岸上山芜。
功夫不负勤劳汉，未得鲜鱼得鲜菇。

（八）

仍是阴云雪少溶，寒潮未减恨西风。
明朝拟把金钩歇，却有斜阳一缕红。

《如梦令》八首

（一）观钓

雨住风停秋晚，
南浦草莓支伞。
银线伴金钩，
注视红尖高浅。
轻挽，轻挽，
我与飞熊[①] 重见。

（二）午后 1

午后微风无雨，
垂钓小溪深处。
君看漂提升，
最是全神贯注。
低语，低语，

① 姜太公号飞熊。

莫使鱼儿惊去。

（三）午后2

半晌南山劳作，
午后溪边端坐。
将欲理金钩，
惊起岸枝黄雀。
沉着，沉着，
莫教鱼儿知觉。

（四）坚持

日照河西残藕，
落叶随风波皱。
深处动芰荷，
不见鱼儿开口。
休走，休走，
只要坚持良久。

（五）休恼

难得雨停风小，
桥下垂纶边草。
只顾吟小诗，
气得鱼儿跑了。
休恼，休恼，
明日晨时来早。

（六）重韵 1

吹落纷纷黄叶，
寒水草藤枯竭，
预报有寒潮，
鲤鲫先行离撤。
休也，休也，
不是垂纶季节。

（七）重韵 2

吹去一摊枯叶，
清澈波涛如洁，

午后复斜阳，
鲤鲫争相回撤。
来也，来也，
好个垂纶季节。

（八）求索

昨日收成丰硕，
今日坚持无果。
莫笑空手归，
鲫鲤缘何欺我。
求索，求索，
明日还来拚搏。

六、题照篇

题蔡润贤耕地照

深耕毒草变农肥，犁杖身形借早晖。
硬土频翻牛劲大，松沙慢铲人力微。
寒冬勤谨务农事，来岁丰收抱金归。
每日田园添情趣，夜吟诗就展双眉。

心远诗词

回文诗：题中堂画

小序：中堂画由人工刺绣而成。画中青松密叶，鸟语花香，奇峰峻岭，小湖帆船。新屋题诗，真个画中有诗者也。

枝绿浓遮浓绿枝，鱼游水浅水游鱼。
淡花开处开花淡，归鸟双飞双鸟归。
秀石奇峰奇石秀，诗行两处两行诗。
小船帆展帆船小，池满春光春满池。

题李建程发县城一河两岸风景照

方过上元三五天，南郊春意已盎然。
新楼绿甸河边画，明镜清波水中天。
几处垂纶人自得，数只凫水鸭清闲。
游人最是流连处，一树银花映碧天。

题正舒发上海公园视频

景点公园不墨画，兰舟绿水无字诗。
银棚金路闲自得，申市风光涨春池。

观正舒发音乐相册

图片轻音属上流，爽心悦目赏不休。
豫章山水故乡景，坐看何须车与舟。

题正书新画作

群峰峻岭白云间，草舍溪流绿树闲。
借问奇观何所似，蓬莱天姥小君山。

题恒忠、佑华深圳旅游风景照

江北春迟柳未芽，
岭南早放满城花。
文人拍照添神韵，
教授春游赛谢家[①]。
高树奇峰映秀色，
密林阔叶赏新茶。
会当一览形胜地，
爱我千年大中华。

---

① 古诗词中用谢家指谢道韫，代表美人或才女。

看电视低头族引车祸有感

人往人来似水流，手机一族俱低头。
安全隐患亲情远，更叹神州少麦流[①]。

① 麦流，比喻专心读书，典出《后汉书·逸民传·高凤》。

题自摄花照

桃花三月谢芳芬，芍药乘机争报春。
最是盆栽逗人爱，只吐清香不报名。

题胡一卉发天云山视频

神州处处有奇观，栈道群峰傲碧天。
昨夜梦游形胜地，翻如南北两云山①。

① 南白云山，北天云山。

题视屏画

小序：手机上有一手机锁屏画，一人坐在三根木杆搭起的架子上在大海里钓鱼，以此而作。

无风无浪静无疆，晴翠闲云望远洋。
两木支撑深水处，一竿独钓海中央。

观德昆发西安图照作四首

（一）李世民塑像

玄武门前显神威，贞观之治史册垂。
英年五十悲千古，只缘服毒信佛规[①]。

（二）徐茂公塑像

瓦岗三兄首降唐，更名易姓附豪强。
因时利势尊法则，功罪千秋费评章。

（三）阳帝陵照

文景繁华传到今，农捐首创免收征。
银钱绳折[②]成佳话，图片还原盛世情。

① 专家论证：唐太宗李世民信佛，欲长生不老，长期服丹以致慢性中毒而早逝。

② 史载景帝时国库存钱长期未动用，拴铜钱的绳索腐烂，银钱撒满地。

（四）历代古迹图照

身居京洛有奇缘，几世繁华放眼观。
莫道人间百岁少，微传助我历千年。

观广州白云山春节视频

锦绣繁华白云山，欢天喜地过新年。
狮龙金饰千般态，湖面银波万丈泉。
南国红花铺大地，故乡焰火吻蓝天。
炎黄子弟歌盛世，八面同心颂轩辕。

观用学发圆明园图片照

京城形胜数圆明，多少民工始建成。
最恨洋兵燃一炬，更嫌清帝弱无能。
凡间仙景人神叹，劫后余生草木惊。
八国凶残真禽兽，肆无忌惮毁文明。

观益宏发颐和园风景视频

颐和胜景御街长，千里犹闻花蕊香。
南国寒潮连日雨，京城梅雪报春忙。
湖中塔影观鱼跃，何处琴声悦耳扬。
往昔王侯游冶处，万民观赏仗国强。

赞用学发北京彩虹照

京城处处火样红，千古奇观一望中。
帝子还乡添异彩，八方游客叹神功。

观文灿游土耳其照

我赏故乡月，君越万重山。
昔日丝绸路，今朝直道宽。
行程三万里，往来一瞬间。
白云似曾识，台墙有洞天。
只缘微信故，世界在眼前。

题修义发公园风景照

小桥隐约白云间，莲叶浓遮一半天。
借问荷花三五朵，武陵人在那处边。

卜算子·题自摄花照

风雨屡相欺，
烈日频来照。
谁道芳菲五月休，
且看花枝俏。

愁样暗含羞，
淡脂仍娇巧。
怕有无情攀折枝，
便向游人笑。

题正舒发杭州风景视频

五彩缤纷不夜天，红花绿叶伴清泉。
山光水色金亭塔，羡煞欧王与终男[1]。

① 欧王指越王勾践，楚灭越后，勾践家族逃居欧山之阳，以复姓欧阳氏之。终男，吴王夫差小名。

题泽芳发襄阳图照并叹浩然

自古多名士，襄阳一古城。
羊公碑在否，山简醉园林。
最叹孟夫子，科场失意人。
一声春晓曲，千载唱到今。

题守模桃园旅游照

巧夺天工怪石林，玻璃栈道上高云。
桃花何处随流水，不见当年武陵人。

题用学三峡旅游照

神女越千年，传奇有新篇。
谪仙吟咏处，今人锁急湍。
西江立石壁，平镜接云天。
君看京城客，风流似少年。

清平乐·题继德祭先考视频

漫天红照，
何处烟花炮。
原是姜家行孝道，
不忘上传下教。

先人功德垂长，
后人祭奠弘扬。
盛世传承文化，
千年民俗优良。

看电视播放新疆歌舞戏作

歌舞升平乐忘机，新楼红瓦风景迷。
国强民富君休问，政策宽柔亚克西。

题正舒作雄鸡、牡丹画

一片祥和景色佳，白云石径扎根芽。
雄鸡争报江南早，妙笔裁成四月花。

题正舒作红花画

人间腊月百草衰，犹见红花向阳开。
非是江南地气暖，东风总伴画师来。

题文灿旅游埃及机上照

周游世界若等闲，足踏浮云手指天。
我欲一登金字塔，问君埃国在那边。

题福鳌夫妻在美国合照

袅袅婷婷学少年，红蓝配得意缠绵。
四周风景未曾有，原是环球另一边。

七、节庆篇

长相思·过年二首

（一）

写对联，贴对联，引得游人仔细观，红霞映碧天。
说过年，道过年，万户千家笑开颜，天伦乐团圆。

（二）

鞭炮鸣，钟磬鸣，祈愿年年福满门，香炉紫气升。
锣鼓声，喇叭声，点点声声颂太平，梅花争报春。

临江仙·过大年

往日闲阶今日闹，山村笑语喧哗。
东家串了串西家，门前燃炮竹，室内竞奢华。
儿童戏耍到天暮，纸鸢飞过枝桠。
缤纷五彩满天霞，联欢歌舞夜，春色到农家。

蝶恋花·除夕二首

（一）

炮竹烟花红照垄，
辐射乾坤，化解池塘冻。
锣鼓喧天山轴动，
儿童进出穿梭涌。

忆昔年关忧与共，
盛世升平，四海归一统。
岁岁今朝闲愁重，
流年暗换真如梦。

（二）

又是一年迎春早，
炮竹烟花，
万丈红霞照。
锣鼓声声喇叭号，
今年更胜前年闹。

檐上彩灯金光耀，
檐下寒梅，
争把花枝俏。
零点钟声频频报，
接年香火财神到。

春节晴天吟

预报今朝中雨淋，声声炮竹驱了云。
阳光有意来相贺，锣鼓迎来太平春。

元宵节迎灶王

膜拜虔诚迎灶王，传承民俗要发扬。
老夫贵贱不足惜，保佑黎民得小康。

夏至

关东夏至不拿棉，故地骄阳盼雨天。
不爱空调和电扇，柳荫池畔赋诗篇。

醉垂鞭·夏至逢大雨

大雨洗尘埃，
南山好，鸣知了。
日出照前台，
蜻蜓款款来。
年年迎夏至，
禾苗长，巧安排。
新韵入情怀，
白云天际裁。

中秋晚会在西安召开

中秋圆月在咸阳，聚满人间五彩光。
玉女金童翩翩舞，歌声带我到大唐。

重阳日桂花盛开

南岭秋风落叶忙，西园花谢竹修长。
年年今日我重九，一树金花满院香。

清平乐·重阳节

萋萋芳草，
落叶风吹少。
堤柳百年都渐老，
唯有菊花媚好。

小溪初吐清凉，
云随雁字匆忙。
梦里不知秋晚，
能消几度重阳。

霜降祭祖

时羞香火玉杯壶，祭祖堂前絮语咕。
“已别贫穷逢盛世，先人泉下知也无”。

清平乐·圣诞节后迎冬至日

晨鸡争报，
冬至匆匆到。
寒雨三天霾没了，
环境胡家独好。

阿婆计数时光，
言将年事收藏。
山野不知圣诞，
当时一片寻常。

菩萨蛮·岁末

金樽美酒千般好，
务工弟子归来了。
时听炮鸣声，
儿童逐纸筝。

黄昏云似火，
几处寒梅朵。
又遇大有年，
家家乐团圆。

菩萨蛮·春节

东家祭祖鸣鞭炮，
西家拜佛烧黄裱，
俱是串门人，
千年民俗纯。

人间真个好，
说与神仙道。
锣鼓响三回，
儿童南北追。

西江月·元宵节

南浦闲云宁静，
东坡忙鸟喧嘈。
狮龙竞舞闹元宵，
喷薄金光照耀。

一曲乡音似梦，
三通锣鼓如涛。
人间节庆许多遭，
荆楚年年春早。

忆秦娥·清明随感

千千结，
年年岁岁清明节。
清明节，
黄鹂啼晓，
杜鹃啼血。

焚香祭扫山南北，
游人去后灯灰灭。
灯灰灭，
丛林如雾，
荒丘如叠。

八、其他

病中吟三首

医院行

菌毒逢春便猖狂，寻医问诊十里长。
体查挂号不排队，都是詹翁帮了忙。

病床吟

窗外阳光室内床，行针查体医护忙。
今朝病室迷一瞬，明日西郊绘绿妆。

病室观网上诋毁改革贴

室内空调室外晴，和谐宇宙得平衡。
不愁病体时苦痛，但喜民生享太平。
四面欢腾歌改革，万方乐奏颂高人。
抚今追昔当知足，莫听闲人嚼舌根。

悼亡五首

清明忆父

忆父牵牛荷锄忙，毕生劳苦历沧桑。
豆瓜糠米难果腹，草屐粗衣伴凄凉。
不识手机和家电，只知山地与土房。
叨叨絮语嘱孙辈，世代恒怀祖恩长。

清明忆母

风雨操持苦岁长，桩桩往事总难忘。
炎天锄地骄阳下，冬夜织棉梓灯旁。
节食缩衣育儿女，奔波赊借度时光。
亲恩当报恨无力，待到明时隔阴阳。

清明忆长兄

农家有志枉嗟吁，忆昔师门偷听书[1]。
夜校三年初识字，村干十载戏称儒[2]。
长渠库坎勤奔走，淡食粗衿席地居。
岁月沧桑嗟命蹙，弟今温饱知否与。

叹同龄族友逝世

先生本是同名根，底事匆匆别凡尘。
村北村南常为戏，山前山后每寻春。
几回殴斗扬长去，转复言和更觉亲。
今日阴阳成永诀，河边垂钓独一人。

卜算子·观一家葬礼

竞夕响鞭声，
鼓乐惊风雨。

① 因家贫，家兄无缘上学，往往到校门偷听课。
② 家兄识字后学算盘至精熟，当过记工员、小队会计、副大队长，人戏称“胡先生”。

荒冢林中怪鸟鸣，
新土孤如许。

来客对佳肴，
唱令还诙语。
人去楼空世间情，
真个轻如纸。

咏史四首

苏州咏史三首

（一）[1]

胥公何事筑姑城，只为光郎作帝京。
霸主一朝乘风去，千年不再来问津。

（二）[2]

诸侯八百叹终男，败越攻齐霸主鞭。
一旦骄淫身先灭，可怜千古成笑谈。

① 央视《考古》栏目播伍子胥建姑苏城，吴王阖闾（名吴光）定都姑苏城，成就霸主大业，后在越国作战中负伤，因破伤风而亡。

② 吴王夫差小名终男，曾一举打败越国，攻打齐国，成就霸主大业，后被胜利冲昏头脑，并被越王勾践的糖衣炮弹击败，贪图酒色，亲小人，远贤臣，终至国破身亡为天下笑谈。

（三）[1]

纹身断发畏神龙，巾帼英雄数女红。
锦绣龙袍传千古，驰名苏绣有前锋。

读白居易《长恨歌》叹太真[2]

倾国倾城美玉花，一篇长恨诉无暇。
为将安寇全平扫，便把婵娟罪恶加。
西路三年寻死骨，东瀛几处有青崖[3]。
从来女祸凭谁说，千古冤魂枉白嗟。

---

① 央视《考古》栏目报道，龙为华夏民族之图腾。江南古人在身上纹龙形以示对龙的敬畏之情。但当时技术落后，纹身给人们肉体造成无限痛苦，一代明君仲雍为此忧心忡忡。其孙女名女红（“红”读“工”）年幼聪颖，她别出心裁用五彩线在布帛上刺龙形制成龙衣代替纹身，从而免除了纹身给人们造成的痛苦。女红首创之龙衣到封建社会发展成龙袍，为皇帝专用服饰。驰名遐迩的苏绣即源自女红。

② 杨贵妃法号太真。

③ 白诗一句“不见玉颜空死处”，引得善良人无限遐思。如传说太真并未死，东渡日本得善终者，而日本确有多处杨贵妃墓。

九张机·少妇吟

一张机，东邻少妇立桥矶，务工夫婿频回首。北风吹冷，吹来细雨，点点说相思。

两张机，帘栊俏俏映晨曦，起来慵整梳妆镜。桃花争早，李花争艳，堤上柳依依。

三张机，夕阳斜照掩柴扉。村南村北齐夸许：心如冰字，贞如玉洁，夜听子规啼。

四张机，门前花影又偷移。光阴恰似长江水，前波后浪，不停不歇，东去几时回。

五张机，人间春谢落红稀。无边原上青青草，小桥流水，莲间鱼戏，梁上燕双栖。

六张机，一人锄铲日偏西。禾苗故故争娇巧，亭亭玉立，端庄模样，暮色暗芳菲。

七张机，勤劳果实满仓蓠。当时留守持家计，行行走走，思思忖忖，超市买新衣。

八张机，今朝何事展双眉。枝头喜鹊嘤嘤语，山清水秀，天高云淡，千里报佳期。

九张机，劝君莫惜金缕衣。多情自古伤离别，东南西北，月圆月缺，长此愿相随。

后　记

1965年我考入哈尔滨工业大学，1966年开始文化大革命。一开始对“文革”不理解而受到批判，以后便不参与运动，当“逍遥派”达三年之久。其间往往逛书店看诗词书籍，并模仿写作以排遣时间。

1970年至1979开在哈尔滨市宾县机械厂劳动，十年间作诗词200多首，但后来绝大部分都流失，没有保留下来。

1979年调回红安县，先在红安教育界从事中学数学教学工作，后调入红安机床厂做管理工作。三十多年间为工作和生活忙碌并无所作。

2014年从县城回胡家居住过田园生活。2015年，高中同学姜继德和戴修义同学发起成立“红安一中6203班微信聊天群”，我亦加入群。两年来发在群中诗词800余首，只与老同学分享，丰富退休生活。同学们纷纷鼓励我发表以作留念，但自觉质量粗劣故未同意。

今年周正舒同学再次提起，韩用学同学在北京联系出版社奔走忙碌，其真诚感动了我，于是选200余首编成此集。

向韩用学、周正舒及6203班全体老同学致敬。

作　者

2017年6月11日

图书在版编目（CIP）数据

心远诗词 / 胡克正著. —北京：世界知识出版社，2017.9

ISBN 978-7-5012-5549-8

Ⅰ. ①心… Ⅱ. ①胡… Ⅲ. ①诗词—作品集—中国—当代 Ⅳ. ①I227

中国版本图书馆CIP数据核字（2017）第186252号

书　　名	**心远诗词** Xinyuan Shici
作　　者	胡克正
责任编辑	佘　岚　刘　喆
责任出版	赵　玥
责任校对	马莉娜
出版发行	世界知识出版社
地址邮编	北京市东城区干面胡同51号（100010）
电　　话	010-65265923（发行）　010-85119023（邮购）
网　　址	www.ishizhi.cn
经　　销	新华书店
印　　刷	北京九州迅驰传媒文化有限公司
开本印张	880×1230毫米　1/32　7印张　4插页
字　　数	112千字
版次印次	2017年9月第一版　2017年9月第一次印刷
标准书号	ISBN 978-7-5012-5549-8
定　　价	35.00元